一个陌生女人的来信

〔奥〕斯蒂芬·茨威格 著／沈锡良 译

云南出版集团
云南美术出版社

果麦文化 出品

一个陌生女人的来信

Brief einer Unbekannten

我一头栽进自己的命运,
仿若跌落深渊。

那天清晨，著名小说家R在山里度过了三天悠闲舒适的假期之后，回到了维也纳。他在车站买了一份报纸，瞥了一眼上面的日期，忽然想起今天是自己的生日。"四十一岁了。"发觉这一点时，他既没有感到快乐，也没有感到悲伤。他漫不经心地翻阅了一下沙沙作响的报纸，便租了辆小汽车回到了自己的寓所。仆人报告说，他不在家期间，有两次客人来访和几通电话，随后把收集起来的信件放在一个托盘里交给他。他懒洋洋地看了一眼，有几个寄信人引起了他的兴趣，他把这几封信拆开看了看；有一封信字迹很陌生，厚厚一沓，他把它先搁到一边。这时，仆人将茶端了上来，他就舒舒服服地往安乐椅上一靠，再一次翻了翻报纸和几份印刷品，然后点上一支雪茄，这才拿起方才搁下的那封信来。

这封信约莫有二十多页，是个陌生女人的笔迹，写得潦潦草草，与其说是一封信，还不如说是一份草稿。他不由自主地再一次摸了摸那信封，看看里面是否还有什么附件没有拿出来，但是没有。信封上面空无一字，无论是信封还是信纸上，都没有寄信人的地址或者签名。真奇怪，他想，又把信拿在手里。

"你，从未认识过我的你啊！"这句话写在最上面，是称呼，又是标题。他十分惊讶地停住了：这里的"你"指的是他，还是一位臆想中的人呢？他的好奇心突然被激起，开始往下看：

我的孩子昨天死了——为了挽救这条幼小柔弱的生命，我同死神搏斗了三天三夜。我在他的床边坐了整整四十个小时，他得了流感，发着高烧，可怜的身子烧得滚烫。我用冷毛巾敷在他烧得灼热的额头上，不分白天黑夜地握住他那双不时抽搐的小手。第三天晚上，我也崩溃了。我的眼睛越来越沉，不知不觉眼皮合上了。我在一张硬椅子上睡着了三四个小时，就在这期间，死神夺走了他。

此刻，这个温柔可怜的孩子，他躺在那儿，躺在自己的小床上，就跟他死去的时候一模一样；只是他的眼睛，他那聪明的黑眼睛刚刚被合上了，双手也合拢着搁在白衬衫上。床的四个角上高高地燃着四支蜡烛。我不敢朝床上望一眼，也不敢动一下身子，因为烛光一晃动，阴影就会从他的脸上和紧闭的嘴上掠过，于是看上去，仿佛他的面颊在动，我就会以为他还没有死，还会醒来，用他清脆的嗓音对我说些天真无邪的话语。可我知道，他已经死了，我不愿意再往那边看，以免自己再一次充满希望，又再一次失望。我知道，我知道，我的孩子昨天已经死了。现在，在这个世界上，我只有你，只有你了，可你却对我一无所知。此刻，你还完全蒙在鼓里，正在寻欢作乐，或者游戏人生。我现在只有你，你却从来也没有认识过我，而我始终爱着你。

我拿了第五支蜡烛放在这里的桌子上,就在这张桌子上给你写信。我怎能孤零零一个人守着我那死去的孩子,而不向人倾诉我的衷肠呢?在这可怕的时刻,不对你说,又叫我去对谁说呢?你过去是我的一切,现在也是我的一切啊!也许我无法完全跟你解释清楚,也许你不明白我的意思——我现在头晕目眩,太阳穴抽搐不停,像有把槌子在敲打,浑身上下都在疼。我想我是发烧了,很可能也得了流感。现在流感正在挨家挨户地蔓延。果真是这样,那倒好了,我就可以跟我的孩子一起去了,也不用自己来了结我的残生了。有时我两眼发黑,也许这封信我都无法写完了,但是为了向你诉说一次,只诉说这么一次,我愿意聚集起全部的力量。你啊,我亲爱的,从来也没有认识过我的你啊。

我要和你单独谈谈,第一次把一切都告诉你;我要让你知道我整个的一生,我的一生一直是属于你的,你却对此始终一无所知。可是,只有当我死了——此刻，我的四肢正忽冷忽热地颤抖不止，生命即将走向终结——你再也不必回答我的问题了，我才会让你知道我的秘密。要是我还得继续活下去，我会马上把这封信撕掉，并将一如既往地继续沉默下去。可是如果你手里拿着这封信，那你就知道，是个已死的女人在这里向你诉说她的人生，从她有意识的那一刻开始，一直到最后一刻为止，她的生命始终是属于你的。你不必为我的话感到害怕，一个死人已经别无所求，她不需要爱情、同情抑或安慰。我只需要你答应我一件事：请你相信我说的一切，那是一颗为你悲伤的心在向你倾诉衷肠。请你相信我说的一切，我只请求你答应我这一件事：一个人是不会在自己的独生子死去的时刻撒谎的。

我要向你倾诉我的一生，我的一生其实是从我认识你的那一天才真正开始的。在此之前，我的生活杂乱无章，充满悲观和失望，我的记忆从来不会抵达那段岁月。这段人生就如一个堆满尘封已久的人和物、结满蛛网、散发着霉味的地窖，我的心早已对此漠然处之。你出现的时候，我十三岁，就住在你现在住的那幢房子里，此刻你就在这幢房子里，手里拿着这封信——我生命的最后一丝气息。我和你住在同一层楼，正好门对着门。你肯定再也想不起我们，想不起那个清贫的寡妇（她总是穿着孝服，丈夫生前在财政部门担任公职）和她那个尚未发育完全的瘦弱女儿。我们沉默寡言，很少与人交往，仿佛沉浸在我们小市民的穷酸潦倒之中。你可能从没听说过我们的姓名，因为我们的门上没有挂姓名牌，没有人来看望我们，也没有人来打听我们。再说事情也已经过去很久了，都有十五六年了，你肯定什么也不知道，我亲爱的。可是我呢，哦，我至今都清楚地记得关于你的每一个细节，第一次听别人说起你，第一次看到你的那一天，不，那一瞬间，依然记忆犹新。我怎么可能忘记呢？那个时候才是我人生的开始啊。耐心点，亲爱的，我要把一切向你娓娓道来，我求你，听我谈自己一刻钟，别厌倦，我爱了你一辈子也没有厌倦啊！

在你搬进我们那幢房子之前，你那屋子里住的人丑恶凶狠，经常吵架。他们自己穷得要命，还最讨厌邻居的贫穷，他们恨我们，因为我们不愿意染上他们那种破败的无产者的粗野。这家的丈夫是个酒鬼，老是打老婆，我们常常在半夜里被椅子倒地、盘子摔碎的响声吵醒。有一次，他老婆被打得头破血流，披头散发地逃到楼梯间，酒鬼丈夫在她身后高声大叫，最后大家都开门出来，并以报警威胁他才算了结。我母亲从一开始就不想和这家人有任何来往，不许我和他们家的孩子说话。因此，他们一有机会就在我身上伺机报复。要是在大街上碰到我，他们就在我身后说些脏话，有一次还用坚硬的雪球砸我，砸得我额头流血。整幢房子里的人都本能地痛恨这家人。突然有一天，那个男人出事了，我们全都松了口气。我记得那个男人是因为偷东西被抓了起来，他的家人只好带着那点破家当搬了出去。出租的条子在大门口贴了几天，后来被揭了下来，消息马上从房屋管理员那里传来，说是有个作家，一位文静的先生租下了这套住宅。当时我第一次听到你的姓名。

几天之后，油漆工、粉刷工、清洁工、裱糊工就过来清扫屋子了，给前面那家人住过后，屋子里脏兮兮的。楼道里传来叮叮当当的敲打声、拖地声、刮墙声，可是我母亲倒挺满意，她说，这么一来对面那脏乱的局面总算结束了。你搬家的时候我也没见到你，整个搬迁工作都是你的仆人在负责。你的那位男仆，个子不高，头发灰白，神情严肃，总是以一种居高临下的神气，语气低调、沉着冷静地指挥着全部工作。他给我们所有的人都留下了深刻印象，首先因为在我们这幢郊区的房子里，有人雇佣一名男仆可说是一件十分新奇的事；其次因为他对所有的人都彬彬有礼，但又不因此将自己混同于一般的仆役，和他们称兄道弟地谈天说地。他从第一天起就毕恭毕敬地和我母亲打招呼，将她视为一位有身份的夫人；甚至对我这个黄毛丫头，他也以不失认真亲切的态度对待我。他一提起你的名字，总是带着一种敬畏，一种特别的敬意——别人马上就看出，你们之间的关系，远远超出一般主仆之间的关系。我是多么喜欢他啊，这个善良的老约翰，尽管我忌妒他，因为他始终能够待在你的身边，始终可以侍候你。

　　我把这一切都告诉你，亲爱的，把所有这些琐碎的几近可笑的事情都说给你听，就是想让你明白，你从一开始就以如此巨大的力量俘获了我这个腼腆胆怯的女孩子的芳心。你还没有进入我的生活，身上就早已笼罩上了一轮光环，一种富有、独特和神秘的氛围——我们住在这幢郊区大楼里的人（生活圈狭小的人对家门口发生的一切新鲜事儿总是充满好奇），早就焦灼不安地期盼着你搬进来住了。一天下午，我放学回家，看见家具搬运车停在大楼前时，我心里对你的好奇心越发强烈起来。大部分家具，凡是笨重的大件物品，早已让搬运工抬上楼去了，还有一些小件家什正在往上拿。我站在门口，惊奇地望着一切，因为你所有的东西都是那么奇特、别致，都是我从来没有见过的。我看到有印度教的神像、意大利的雕刻、绚丽的巨型绘画作品。最后是书，又多又好看，我从来没有想到，书会有这么多，会这么好看。这些书都堆放在门口，你的仆人把它们一一拿起来，用掸子仔细地把每本书上的灰尘都撑掉。我轻手轻脚地在那堆越来越高的书周围走来走去，满怀好奇，你的仆人既没有把我撵走，也没有鼓励我走近，所以我一本书也不敢碰，尽管我很想摸摸有些书的软皮封面。我只是怯生生地从旁边看看那些书名，有法语书、英语书，还有些书究竟是什么语种，我也看不明白。我想，要不是我母亲把我叫回去，我真有可能会一连几小时地傻看下去。

整个晚上，我都不由自主地老想起你，可我还不认识你呀。我自己只有十来本廉价的书，封面是用破烂的硬纸做的，这些书是我的至爱，我读了一遍又一遍。这时我就寻思，这个人拥有那么多好书，读了那么多好书，还懂那么多种文字，有钱又有学问，他该是怎样的一个人呢？想到你有那么多书，我心中不由对你生起一种超凡脱俗的肃然起敬之情。我试图想象你的模样：你是位老先生，戴着眼镜，留着长长的白胡子，和我们的地理老师差不多，而不同的只是你更英俊、更善良、更温雅——我不知道，为什么当时我就确信，你一定长得很英俊，尽管我当时一直想你是位老先生。就在那天夜里,我还不认识你,就第一次梦见了你。

　　第二天你搬进来住了,可尽管我拼命侦察,还是没能见到你的面,这使得我更为好奇。到第三天,我才终于见到你。我当时真是大吃一惊,可以说是震惊,你完全是另外一副模样,和孩子想象中的圣父形象毫不沾边。我梦见的是一位白发老人,戴着一副眼镜,慈眉善目,可你出现在我面前的时候——你现在的模样还是和过去一样,你的样子始终没有任何变化,岁月在你身上飘然而过,没有留下任何痕迹——你穿着一套迷人的浅褐色运动服,总是两级一步地上楼,动作像个男孩一样轻盈。你把帽子拿在手里,所以我一眼就看到了你那生机勃勃的脸,以及漂亮、有光泽的头发,我的惊讶简直难以言表:真的,你是那么年轻英俊,身材颀长,动作灵巧,我惊讶得吓了一跳。你说是不是很奇怪,在见到你的最初的瞬间,我就非常清晰地感觉到了你的独特之处,我和其他所有认识你的人都很意外地在你身上感觉到了这一点：你是一个具有双重人格的人，既是一个情欲旺盛、放荡不羁、沉迷于玩乐和冒险活动的男孩，又是一个在你从事的艺术领域里无比严肃、尽职尽责、博览群书、学富五车的男人。我当时无意识地感觉到，你过着双重生活：一种生活有着明丽的一面，可以对外界开放；一种生活则是十分阴暗的一面，这一面只有你自己知道。后来每个人都对你有这种印象。这种隐藏最深的两面性，你自己的这种秘密，我这个十三岁的女孩，第一眼就感觉到了，当时像着了魔似的被你深深吸引住了。

你现在明白了，亲爱的，当时的你对我这个孩子来说，该是怎样的一个奇迹，该是怎样一个诱人的谜团啊！这个人写过书，在另外一个伟大世界里声名显赫，人们对这样一个人肃然起敬；可突然又发现，这个人才是一个二十五岁的小伙子，不仅风流倜傥，而且还像年轻人一样活泼开朗。我还想告诉你的是，从这一天起，在我们这幢房子里，在我整个可怜的孩童世界里，我只对你满怀兴趣，我拿出全部的顽固不化的干劲，拿出一个十三岁女孩那种追根究底式的执拗劲头,仅仅围着你的生活,围着你的存在转。我观察你,观察你的习惯,观察找你的那些人,所有这一切,都在增强而不是减弱我对你的好奇心,因为找你的人各式各样,也充分体现出你性格中的两面性。有时来的是一些年轻的大学生,衣衫不怎么讲究,你和他们谈天说地、慷慨激昂;有时来的是一些太太,她们是坐着小汽车过来的;还有一次歌剧院院长过来了,他是一位伟大的指挥家,我之前只能满怀敬畏地远远地看到他站在乐谱架前;再就是一些小姑娘,她们还在上商业学校,难为情地悄声溜进门去。过来找你的女人可真是非常多。我并没有觉得有什么奇怪,就连那一天早上我去上学的时候,看到有位太太整个脸上蒙着面纱从你家里出来,我也没觉得有什么好惊讶的。那时我才十三岁,好奇心十足,四处窥探你的秘密,追踪你的行踪,但我还是个孩子,不知道原来这就已经是爱情了。

可是,亲爱的,我还清楚地记得我完完全全并且永远爱上你的那一天,那个时刻。那天,我和一个女同学散步回来，我们俩站在大楼门口闲聊。这时有一辆小汽车过来，然后停下，你从车上一跃而下，想马上进门去。你当时从车上下来时的那种迫切而敏捷的动作，至今想来依然叫我着迷。我情不自禁地为你打开大门，也因此挡住了你的路，我俩差点儿撞在一起。你看着我，目光温暖、柔和、深情，冲我含情脉脉地微笑着。不错，我无法用其他词语来形容，只能说是含情脉脉地向我微笑。然后，你以一种非常轻柔，近乎亲昵的声音对我说："多谢，小姐。"

亲爱的，这就是那天的全部经过。可就是从那一刻起，自从我感觉到那种含情脉脉的目光开始，我就完全迷上你了。不久以后我才知道，你向每一个接近你的女人，向每一个卖东西给你的女店员，向每一个给你开门的女清洁工，都会投去这样的目光，这是一个天生的诱惑者的目光，既充满温情，又夺人心魄，好似把对方拥抱起来，吸引到你身边。你的这种目光并不是有意识地表示你的情意和爱慕，而是因为当你看到她们的时候，你对女人一如既往的脉脉含情使你的目光完全不知不觉地变得温柔起来。可我这个十三岁的孩子,却对此一无所知,我的心里就像着了火似的。我以为,你的含情脉脉只属于我,只属于我一个人。就在这一瞬间,我这个还没有发育完全的黄毛丫头一下子变成了一个女人,而这个女人从此永远迷上了你。

"这是谁啊?"我的女同学问。我一下子答不上来。我是不可能说出你的名字的,因为就在这唯一的瞬间里,你的名字在我心中变得无比神圣,成了我心里的秘密。"哦,他是住在我们大楼里的一位先生!"我支支吾吾地答道。"那他看你一眼,你何必脸红心跳呢?"我的女同学揶揄道,脸上流露出那种好奇的孩子的恶意。可恰恰是因为我感觉到她以嘲弄的口吻戳穿了我内心的秘密,我身上的血一下子涌到我的脸颊上。我因为狼狈而变得粗野起来。"蠢丫头!"我愤怒地骂道。我真恨不得把她活活掐死。可是她的笑声更大,嘲讽也越发凶猛,最后我发觉,我怒火中烧,以至于眼里噙满了泪水。我不再理会她,径自上了楼。

从这一瞬间起，我就爱上了你。我知道，女人们经常会向你这个宠惯了的人说这句话。可是请相信我，没有一个女人像我这样爱过你，如此谦卑恭敬，如此低声下气，如此舍身忘己，无论是过去，还是现在，我永远对你忠贞不渝，因为世界上没有什么东西可以和一个孩子暗中怀有的不为人所觉察的爱情相提并论，因为这种爱情毫无指望，唯唯诺诺，低三下四，无望却又激情满怀，这和成年妇女那种欲火焚烧、在不知不觉中索求的爱情迥然不同。只有孤独的孩子才可能聚集起自己全部的热情，其他人则早已在社交活动中滥用了自己的感情，和人在亲密接触中把感情消耗殆尽，他们耳闻目睹了很多爱情故事，也看了很多爱情小说，知道爱情乃是人类共同的命运。他们就像玩弄玩具一样玩弄爱情，就像男孩吹嘘第一次抽烟的经历一样吹嘘自己的恋爱经历。可我的身边没有别人，我没法向人透露真情，没有人给我指导或者提醒，我没有经验，也没有心理准备：我一头栽进自己的命运，仿若跌落深渊。

我日思夜想的只有一个人，那就是你，睡梦里也只有你，把你视为知己：我的父亲早已去世，母亲总是闷闷不乐，郁郁寡欢，加上拿养老金的人的那种谨小慎微，我和母亲并不亲热；那些多少有些变坏的女同学让我反感，她们轻率地把爱情视同儿戏，而在我心目中，爱情却是至纯的激情。我把原来分散凌乱的全部感情，把隐藏在内心深处然而又一再急迫地向外喷涌的心灵都奉献给你。我该怎么对你说呢？任何比喻都太过贫乏，你是我的一切，是我整个的生命。世上万物唯有和你相关才存在，我人生的一切唯有和你相连才有意义。你改变了我的整个生活。我原本在班级里默默无闻，成绩平平，现在突然一跃成了全班第一名；我如饥似渴地念了很多书，常常念到深夜，因为我知道你喜欢书；让我的母亲不胜讶异的是，我竟然突然近乎倔强地、持之以恒地练起钢琴来，因为我想你是喜欢音乐的。我的衣服洗得很干净，上面的针线活儿也做得仔细，就是想以整洁而漂亮的样子出现在你面前。我在学校里穿的那条旧裙子（是我母亲的一件家居服改的）的左侧有一块四四方方的补丁,我觉得真是可怕。我怕你会注意到这个补丁,会瞧不起我,所以上楼的时候,总是拿书包压住那个地方,我吓得直打哆嗦,怕你会看见那个补丁。可我真是太傻气了,因为你从来没有,或者说几乎从来没有仔细地看过我一眼。

可我呢,除了等你和窥探你,可以说整天什么都不干。我们家的房门上面有一个黄铜做的小窥视孔,透过这个圆形小孔可以看到你家的房门。这个窥视孔——不,请别笑话我,亲爱的,哪怕到今天想到那些时刻,我也不觉得有什么难为情——它就是我眺望世界的眼睛啊。在那些日子里,我坐在冰冷的门廊里,为了不让母亲起疑心,手里捧着一本书,一下午一下午地暗中守候,紧张得像根琴弦,你一出现,就会发出清脆的声响。我始终在为你而紧张,为你而激动,可你难以感觉到我的紧张和激动,就像你口袋里装着怀表,但你难以感觉到它绷紧的发条一样。这根发条在悄无声息中耐心地计算和测定你的时间,以无声的心脏跳动陪你一路走来,而在它嘀嗒不停的百万秒当中,只有一次你向它匆匆瞥了一眼。我对你的一切了如指掌,我了解你的所有习惯,知道你的所有领带、所有衣服,我认识你的所有朋友,并且能马上将他们一一区分出来,把他们划分为是我喜欢的或者是我讨厌的。从十三岁一直到十六岁,我的每个小时都是在你身上度过的。哦,我干了多少蠢事啊!我亲吻过你的手摸过的门把手,我偷过你进门前扔掉的香烟屁股,我曾将这个香烟屁股视为圣物,因为你的嘴唇触碰过它。到了晚上,我曾随便找个借口,反复不停地下楼,到胡同里察看你家哪个房间里还亮着灯光,以此更明白无误地感觉你那看不见的存在。在你外出旅行的那些星期——一看到那位善良的约翰把你的黄色旅行手提包提下楼去,我总是吓得心跳停止——在那几个星期里,我虽生犹死,人生了无意义。我漫无目的地走来走去,闷闷不乐、百无聊赖、郁闷至极,此外我还得时时提防母亲从我哭肿的眼里看出我的绝望。

  我知道,我现在跟你诉说的一切完全是我的感情用过了头,真是荒诞不经,也是幼稚可笑的愚蠢行为。我应该为此感到羞耻，可是我并没有，因为我对你的爱要比这种天真的肆意表白更为纯洁、更为热烈。我完全可以连续几个小时，或者连续几天地向你诉说我当时是如何和你一起生活的，而你却差不多没有见过我的面，因为每次当我在楼梯上遇见你、无法躲开你时，便低着头从你身边跑过，害怕看到你那燃烧的目光，就像一个人怕被火烧着而跳入水中一样。我完全可以连续几个小时，或者连续几天地向你诉说那些你早已忘记了的岁月，向你打开你整个一生的全部日历，可我不想使你厌烦，不想使你痛苦。我只是还想向你倾吐我童年时代最美好的一个瞬间，请你别嘲笑我，因为这虽然只是件微不足道的小事，但对我这个孩子而言，那可是一件了不得的大事啊。这事可能就发生在一个星期天吧。你出门旅行去了，你的仆人把他拍打干净的笨重的地毯从敞开着的房门拖进屋子里去。这个善良的人干得非常艰难。我突然很大胆地走到他的跟前，问他是否需要帮忙。他大吃一惊，但没有拒绝的意思，于是我就看见了——我只想告诉你的是，我当时怀着怎样一种敬畏乃至虔诚的敬仰之心！——你家里的内部空间，那是你的世界，我看见了你的书桌，你习惯坐在这张书桌旁边，桌上一个蓝色的水晶花瓶里插着几枝鲜花，我看见了你的柜子、你的照片、你的书。我只是像一个小偷似的对你的生活匆匆瞥了一眼，因为你那个忠实的约翰肯定会阻止我仔细观看的，可就是那么一瞥，我就把你家里的整个气氛吸入了我的体内，让我在醒着或者睡着时都有足够的动力，对你不停地日思梦想。

这稍纵即逝的一分钟是我童年时代最幸福的一分钟。我把这个瞬间告诉你，是为了让你——你这个从来也没有认识过我的人啊，终于开始感到，有一个生命依恋着你，并且为你而憔悴。

我告诉了你这个最幸福的瞬间，我也要把那个最可怕的时刻告诉你，没想到这两个时刻变换竟然如此之快。我刚才已经和你说过，因为你的缘故，我把一切都给忘了，既没有留意过我的母亲，也没有关心过其他任何人。我没有发觉，有一个中年男子，那是一位来自因斯布鲁克的商人,和我母亲是远亲,经常来我家做客,而且会待很长时间。不错,我的心里只有高兴,因为他时不时地带母亲去看戏,我就可以独自一个人待在家里,不受影响地想你,焦躁地期待你回来,这可是我至高无上的幸福,是我唯一的幸福。后来有一天,母亲突然把我叫到她的房间,唠唠叨叨地说要和我好好谈谈。我顿时脸色煞白,听见我的心突然怦怦直跳:难道她预感到了什么,或是猜到了什么?我的第一个念头就是你这个秘密,正是这个秘密将我和外部世界联系了起来。可倒是我的母亲显得羞羞答答的,她温柔地亲吻了我一两下——她平时可从来没有这么亲吻过我 把我拉到沙发上和她坐在一起,然后迟疑不决地、不好意思地说道,她的那位远亲现在是鳏夫,已经向她求婚,她决定,这主要也是为了我好,答应他的求婚。一股热血涌到我的心里,我心里只有一个念头,我只是想到了你。"那我们还住在这里吗?"我只能结结巴巴地问出这么一句。"不,我们搬到因斯布鲁克去,费迪南德在那里有一幢很漂亮的别墅。"母亲后面的话我没有听见,只觉得眼前顿时漆黑一片，后来才知道，我当时昏厥过去了。我听到母亲对正在门背后等着的继父低声说，我突然两手分开着朝后一退，随即像铅块似的跌倒在地。

后面几天里发生的事，我不想多说了，我一个无权做主的孩子怎能反对他们强大无比的意志呢？至今想起这事，我这握笔的手依然会颤抖。我无法泄露我真正的秘密，因此我的反抗似乎纯粹是我的固执己见和恶意的无赖行为。谁也不再和我说话，一切都是在背后进行的。他们利用我上学的时候搬家；等到我回到家里，总有什么家具搬走或者卖掉了。我看到我的家毁了，我的人生也随之毁了。有一次，我回家吃午饭，搬运工正在家里，随后将所有东西全都搬走了。收拾好的行李就摆放在空荡荡的房间里，给我母亲和我准备的两张行军床也在：我们还得在这里睡上一夜，最后一夜，明天就到因斯布鲁克去。

就在这最后一天，我突然果断地感觉到，不在你身边，我是再也无法活下去的。我知道，除了你我没有别的救星。我当时是怎么想的，是否在这绝望的时刻还能头脑清醒地进行思考，这一点我是永远也说不清楚了，可是突然之间，我母亲那时不在家，我穿着校服站起身来，走到你家门口。不，我不是走过去的：那是一种魔力驱使我迈着僵硬的大腿、哆嗦着四肢走到你的门口。我已经和你说过，我也不是很清楚，自己究竟想要什么：我想要跪倒在你的脚下，请求你收留我做你的婢女、做你的奴隶，但我又怕你会嘲笑一个十六岁女孩的这种纯洁无邪的狂热之举。可是，亲爱的，你一定不会嘲笑我的了，倘若你知道，我当时站在外面冰冷的走廊里，吓得四肢僵直，同时又被一股捉摸不定的力量驱使着不断向前，倘若你知道，我颤抖的手臂要从我的身体中挣脱开，然后伸出手去——虽然只是可怕的几秒钟的挣扎，却像是永恒一样——用手指揿住你家门把手上面的按钮。刺耳的门铃声至今还在我的耳畔回响，然后是万籁俱寂，我的心跳都快要停止了，全身的鲜血凝固不动。我只是在凝神谛听，你是否过来开门了。

可是你没有过来开门。没有人过来开门。那天下午你显然不在家里,约翰大概也出去买东西了,我只好拖着沉重的脚步回到我们那个破败的空荡荡的家里。刺耳的门铃声依然在我耳朵里嗡嗡作响,我筋疲力尽地倒在一床旅行毯上,仅仅四步远的距离,却让我劳累至极,仿佛在深深的雪地里跋涉了几小时似的。可尽管疲惫不堪,在他们把我拖走之前,我还是毅然决然地想看看你,想和你说说话。我可以向你发誓,那里面没有任何肉欲的念头,我当时还是个懵懂少女,除了想你之外,我不想任何东西:我只是想看到你,再一次看到你,紧紧地抱住你。于是这整整一夜,这既漫长又可怕的一夜,亲爱的,我一直在等着你。我母亲躺在床上刚睡着,我就蹑手蹑脚地溜到厅里,侧耳倾听你什么时候回家。整整一夜我都在等你,一月的夜晚真是冷啊。我疲惫困倦,四肢酸痛,房间里没有椅子可坐,我只好躺在冰冷的地上小睡,冷飕飕的穿堂风就从门下面吹过来。我仅仅穿着单薄的连衣裙躺在冷得叫人发疼的地板上,我没有拿毛毯,我不想让自己暖和,生怕一暖和自己就会睡着,就会听不到你的脚步声。我很痛苦，我的双脚因为抽筋而并拢着，我的双臂在瑟瑟发抖：在这可怕的黑暗中，天真是太冷了，无奈之下我只好一次次地站起身来。可是就像等待我的命运一样，我始终不渝地等着你。

终于，大概是凌晨两三点钟吧，我听见下面有人打开了大楼门锁，然后脚步声上了楼。我顿时没有了寒意，热流随即涌遍我的全身。我轻轻打开房门，想冲到你的面前，跪在你的脚下……哦，我真不知道，我这个傻孩子当时都干了些什么。脚步声越来越近，烛光飘忽不定地上来了。我哆嗦着握住门把手。上来的果真是你吗？

不错，上来的是你，亲爱的。可你不是一个人上来的。我听到一阵娇媚的轻笑、丝绸连衣裙拖地的窸窣声和你的轻言慢语——你是和一个女人一起回来的……

这一夜我是如何熬过来的，我不知道。第二天早上八点，他们把我拖到因斯布鲁克去了。我一丁点儿反抗的力气都没有了。

我的儿子昨天夜里死了——如果我现在真得继续活下去的话，那就要孤单单地一个人生活了。明天，那些肤色黝黑、身材粗笨的陌生男人就要过来了，带上一口棺材，把我可怜的也是我唯一的孩子装进棺材里去。朋友们可能也会来，带来些花圈，可是鲜花放在棺材上又有什么用呢？他们会来安慰我，给我说些什么话，很多很多的话，可他们这样又能帮我什么忙呢？我知道，接下来我又得独自一人生活了。没有比置身于人群中的孤独寂寞更可怕的东西了。当时在因斯布鲁克，我对此深有体会。我在那里度过了漫无尽头的两年时间，从十六岁到十八岁的那两年。我像个囚犯，像一名被驱逐者，生活在我的家人中间。我的继父性情温和，寡言少语，但对我很好，母亲像是为了弥补自己无意中犯下的过错，总是对我言听计从。年轻人想尽力讨我的欢心，可是我却固执地拒人于千里之外。我不愿意在一个远离你的地方快快乐乐地、心满意足地生活，因此自个儿沉浸在一个阴森森的世界里，折磨自己，过着孤寂的日子。他们给我买的五光十色的新衣服，我没有穿过。我拒绝去听音乐会,拒绝去看戏,拒绝和家人一起其乐融融地参加郊游活动。我几乎足不出户,亲爱的,如果我说,我在这座小城住了两年,但认识的马路还没有十条,你会相信吗?我伤心欲绝,只想伤心欲绝,因为看不到你,我便沉浸在这种看不到你的氛围中。还有,我不希望分散自己的激情,只想和你的心灵一起生活。我一个人几小时甚至几天坐在家里,不做任何事,只是想你,想和你的每一次相遇、每一次等待的情形,把细小的往事翻来覆去想个不停,脑子里跟演戏一样。我把过去的每一秒钟都重复了无数遍,所以我对我的整个童年时代记忆犹新,过去了多少年的每一分钟依然历历在目,仿佛发生在昨天一般。

当时,我日思夜想的都是你。我把你写的书全买下来了。哪天你的名字登在报纸上,哪天就是我的节日。你会相信吗,我把你的书念了又念,都能背得出你书中的每一行字。要是有人半夜里把我从睡梦中叫醒,从你的书里孤零零地挑出一行朗诵给我听,时隔十三年后的今天，我依然可以背下去：对我来说，你的每一句话，就是福音和祈祷。整个世界只是因为和你有关才存在。我在维也纳的报纸上查看音乐会和那些首演的消息，心里只有一个想法，那就是哪些是你会感兴趣的。夜晚来临，我就远远地陪伴你：此刻你走进剧院大厅了，此刻你坐下了。我曾经有一次亲眼见过你在音乐会上，于是我会千百次地梦见这样的情形。

可是我为何要说这些事情呢？我为何要说一个被遗弃的孩子这种疯狂折磨自己，如此悲惨又是如此绝望的狂热呢？为何要把这件事说给一个对此毫无所感、一无所知的人听呢？我当时真的还只是个孩子吗？我已经十七岁，转眼就十八岁了——年轻人开始在马路上回头看我了，可他们只是让我恼怒。因为让我和别的人谈恋爱，而不是你，哪怕只是心里想一想，哪怕只是游戏，都会叫我觉得陌生得难以想象，难以理解，就算是这种诱惑本身，我也觉得像是在犯罪。我对你的激情依然如故，只是随着我身体的发育，随着我情欲的觉醒，这种激情变得更为炽热，开始含有肉体的成分和女人的气息。当年那个按响你家门铃的孩子，有的只是懵懵无知的愿望，她无法预料的是，她现在唯一的念头就是：奉献给你，委身于你。

周围的人都以为我是一个羞涩腼腆的人，我咬紧牙关，不把我的秘密告诉任何人，心里却有一个钢铁般的意志生长起来了。我一门心思地想着一件事：回到维也纳，回到你的身边。我非要实现我的意志，这在别人看来是多么荒唐透顶、多么不可思议。我的继父是个有钱人，他视我如同己出。可我固执己见地坚持要求说，我希望自己挣钱。终于，我的目的达到了，得以借住在维也纳的一个亲戚家里，在一家颇大的服装商店当了名职员。

难道还要我告诉你，当我在秋天的一个烟雨迷蒙的夜晚，终于，对，终于抵达维也纳时，我迈出的第一步是奔向哪儿吗？我把行李寄放在车站，跳上一辆有轨电车。有轨电车开得太慢了——它每停靠一站，我心里都直冒火——终于，我到了那幢大楼跟前。你的窗户还亮着灯光，我整颗心在怦怦直跳。直到这时候，这座在我身边呼啸着的如此陌生又如此了无感觉的城市才有了活力，直到这时候，我才重新有了生命，因为我感觉到你就在我的身边，你是我永远的梦。我没有想到，我对你的心灵来说，无论是相距万水千山，还是和你的目光之间仅隔着一层薄薄的闪闪发光的窗玻璃，实际上都是同样的遥远。我不断地抬头张望：灯光在那里，房子在那里，你在那里，我的世界在那里。我日思梦想这个时刻已经有两年了，如今这个时刻来临了。夜晚漫长而温馨，云雾笼罩，我就站在你的窗前，直至你房里的灯光熄灭，我才去寻找我寄住的家。

以后的每个夜晚，我都这样站在你的窗前。我在店里干活至六点，虽然干的活很重很累，可我喜欢这个工作，因为工作的忙乱不会让我内心的渴望感到如此痛苦。每当铁制卷帘式百叶窗轰然一声从我身后落下后，我就径直奔向我心爱的目标。只想看你一眼，只想见你一面，这就是我唯一的愿望，只想用我的目光远远地再一次拥抱你的脸庞！后来，大约在一周后，我终于碰上你了，而且恰恰是在我没有料到的那一瞬间，那时候，我正仰头窥探你的窗口，你突然横穿马路过来了。转眼之间，我重新成了一个孩子，那个十三岁的孩子，一股热血涌上我的脸颊。我违背了内心渴望看见你的眼睛的强烈欲望，不由自主地低下头，像是有人在追捕我，从你身旁一溜烟似的跑了过去。后来我为这种女学生似的胆怯的逃跑感到羞愧不已，因为现在我的愿望可是坚定而清楚的，那就是我想要见到你，我在寻找你，在多年的朝思暮想之后，我希望你能认出我来，希望你能注意到我，希望你能爱上我。

但是，你好长一段时间都没有注意到我，尽管每天晚上，哪怕是大雪纷飞，或者是顶着维也纳凛冽刺骨的寒风，我都站在你家的那条胡同里。我常常白白等候几个小时，有时候苦等半天后，你终于在朋友的陪伴下从家里走了出来，有两次我还看见你和女人们在一起。当我看见一个陌生女人和你紧紧地手挽着手一起出门的时候，我的心猛地一下抽搐，把我的灵魂都撕裂了，我感到自己已经长大成人，心里有种崭新的异样的感觉。我并没有觉得意外，从童年时代起我就知道女人是你永恒的客人，可现在我突然感到有种肉体上的痛苦，我心里的某种情愫绷得紧紧的，恨你和另外一个女人这种明显的肉体上的亲密接触，可同时自己又渴望得到它。我当时有种孩子般的自尊心，或许现在还保留着，那一整天我没去你家楼下。可这个赌气反抗的夜晚让我的身心异常空虚，这一晚是多么可怕啊。到了第二天晚上，我又低三下四地站在你的房前，一直等下去，正如我命中注定站在你紧闭着的生活面前一样。

而终于，有一天晚上，你注意到我了。我早已看见你远远地走过来，于是振作精神，不再躲开你。说来真巧，一辆卡车停在街上准备卸货，马路变窄了，你只好和我擦肩而过。你那漫不经心的眼神不由自主地从我身上掠过，一遇到我那全神贯注的目光，马上变成了那种专门对付女人的目光——想起往事，叫我心里一紧！——变成了那种柔情万种的目光，既含蓄内敛，又肆意张扬，变成了那种目不转睛的紧追不舍的目光，这种目光曾经把我这个小姑娘唤醒，使我第一次变成了女人，变成了恋爱中的女人。你的目光停留在我的目光上有一两秒钟，我的目光不能，也不想离开你的目光，然后你从我身旁飘然而去。我的心在怦怦直跳。我下意识地放慢脚步，因为一种难以克制的好奇心，我转过头去，刚好看见你停住脚步回头看我。你好奇地、饶有兴趣地观察我，从你的神态我马上看出：你并没有认出我来。

　　你没有认出我来，当时没有，后来也没有，你从来没有认出过我。亲爱的，我该怎么向你描述我那一瞬间的失望呢？那时，是我第一次遭遇这样的命运，你竟然没有认出我来，我一辈子都在经受着这样的命运，并和这种命运一起老去。你没有认出我来，始终没有认出我来，叫我怎么向你描述这种失望呢？因为你瞧，在因斯布鲁克的两年时间里，我每时每刻都在想你，我什么也不干，只是在设想我们在维也纳首度重逢的情景，根据自己情绪的变化，做着最幸福和最可怕的梦。所有的梦境我都做过，如果我可以这么说的话。在我心情阴郁的时候，我想，你一定会拒我于门外，会轻视我，因为我太低微，太丑陋，太讨厌。你各种各样的憎恶、冷酷、淡漠，所有这一切在我疯狂的幻想中都已经经历过了。可是，你根本没有注意到我这个人的存在，就这一点，这是最可怕的一点，即使在我心情阴郁，甚至自卑感最严重的时候，也没有想到过。今天我懂得了，哦，那是你教我懂得的！——在男人那里，一个少女或者一个女人的脸想必是最为变化多端的，因为人的脸大多只是一面镜子，时而照出的是激情澎湃，时而照出的是天真烂漫，时而又照出疲惫不堪，镜中的形象转瞬即逝，因此男人也就更加容易忘记女人的容貌，因为年龄会在女人的脸上投下光与影的变化，因为服装会把女人的脸一会儿变成这样，一会儿变成那样。只有听天由命的人，才是真正的智者。可我当时还是个懵懵无知的少女，还不能理解你的健忘，因为我自己毫无节制地、没完没了地思念你，所以就产生了一种幻觉，以为你肯定也在思念我，在等我。如果我确信，我在你心里什么也不是，你压根儿没有想过我,那我还活着干什么呢?看到你的目光后我才如梦初醒,你的目光告诉我,你一点儿也不认识我,在你的生活和我的生活之间你想不起来有一丝一毫的联系;这是我第一次跌到现实中,第一次预感到自己的命运。

你当时没有认出我来。两天后,我们再度相遇,你的目光以某种亲密的神情仔细打量我,但你还是没有认出我这个曾经爱过你被你唤醒的姑娘,你只认出,我是两天前和你在同一个地点狭路相逢的那个十八岁的美丽姑娘。你亲切又惊讶地看着我,嘴角挂起一丝浅浅的微笑。你又一次从我身旁擦肩而过,马上又一次放慢脚步:我浑身颤抖,我欣喜若狂,我祈祷苍天,你会过来和我攀谈。我第一次为你而充满了活力,我同样放慢脚步,没有躲开你。突然,我没有回头就感觉到你站在我身后,我知道,这下我可以第一次听到你用可爱的声音对我说话了。这种期待的心情,像是让我失去了活动能力,我担心自己可能不得不停住脚步,我的心在急促地跳动,就在这时你走到我旁边来了。你轻松愉快地和我攀谈起来,仿佛我们是认识多年的朋友——哦,你对我没有一点儿预感,你对我的生活也从来没有任何预感。和我攀谈的时候,你是那么魅力四射,那么无拘无束,以至于我也能够回答你的问话了。我们一起走完了一整条胡同,然后你问我,是否愿意和你共进晚餐。我说好呀。我怎么可能拒绝你呢?

我们一起在一家小饭馆里吃饭。你还记得那家饭馆在哪儿吗?哦,不,你肯定把这个夜晚和其他这样的夜晚混淆在一起了,因为对你来说,算得了什么呢?不过是许许多多的女人中的一个,是不胜枚举的艳遇中的一件罢了。我又何以会让你想起我来呢?我的话很少,因为能够在你身边,听你和我说话,我已经感到无比幸福了。我不希望因为我提了一个问题,因为我说了一句蠢话而浪费一分一秒的时间。我永远不会忘记你给我的一小时时间,我非常感谢,心里盛满了对你的热烈的崇敬之情。你温文尔雅,轻松诙谐,彬彬有礼,丝毫没有纠缠不休的行为,丝毫没有急于大献殷勤的脉脉含情,从一开始就是那么沉稳自如，一见如故，哪怕我不是早就决定把我的整个身心都奉献给你，你也一定会赢得我的芳心。哦，你可知道，我幼稚可笑地等了五年，你没有让我失望，你这种令人敬畏的举止让我喜不自胜。

　　天色已不早了，我们起身离开。走到饭馆门口时，你问我是否急着赶回家，是否还有时间。我怎么能向你隐瞒，我是那么愿意听从你的安排呢！我说我还有时间。随后，你稍微迟疑了一下，问我是否愿意到你家去坐坐，聊会儿天。"好呀！"我脱口而出，完全是我的情感自然而然的流露，但我马上注意到，你对我如此迅速的允诺感到尴尬或者愉快，反正显然是感到很意外。今天我明白了你当时的这种惊讶。我现在知道，一个女人，即便她火烧火燎地想委身于人，通常总要装出毫无准备的样子，假装惊恐万状或者怒不可遏，非要等到男人再三恳求，花言巧语，发誓赌咒，做出种种许诺之后，才会半推半就。我知道，或许只有那些职业妓女，或者幼稚可笑、天真烂漫的小姑娘才会兴高采烈地一口应承这样的邀请。可在我心里——这一点你又如何能料想得到呢——这件事只不过是化成了语言的愿望,是经过千百个白日黑夜的积聚而今爆发出的渴望呀。但不管怎么说,你当时大吃了一惊,开始对我产生了兴趣。我发觉,我们一起走的时候,你一边和我说话,一边带着惊讶的神情从侧面打量我。你对一切人性的东西,具有一种不可思议的洞察力,你立即感到,在这个美丽的姑娘身上有一种非同寻常的东西,有着一个秘密。于是你内心的好奇被提了起来,转弯抹角地试探着问了许多问题。我发觉你想要探寻这个秘密,但我避开了:我宁愿傻乎乎地出现在你的面前,也不愿意让你知道我的秘密。

我们一起上楼去了你家。请原谅,亲爱的,要是我对你说,这条走廊、这道楼梯对我意味着什么,我感到怎样的心醉,怎样的无措,怎样疯狂的、痛苦的乃至致命的幸福,你是不会明白的。直到现在,每当想起这些,我都会禁不住热泪盈眶,可我现在已经没有眼泪可流了。那里的每一样东西仿佛都渗透了我的激情,每一样东西都是我的童年、我的思念的象征：那个大楼门，我曾在那里等了你不知有多少次；那道楼梯，我曾总是在那里偷听你的脚步声，在那儿我第一次看见了你；那个窥视孔，我曾透过那里看得神魂颠倒；你门口的擦鞋垫，我有次还跪在上面，而每次听到钥匙的响声从你房门口传来，我总是迅捷地从潜伏的地方一跃而起。我的整个童年、我的全部激情都寄托在这几平方米的空间范围内，我的整个生命都在这里，现在它就像狂风骤雨，一股脑儿地向我袭来，因为这一切都如愿以偿了。我和你一起走，我和你一起走到了你的房子里，走到了我们的房子里。你想想看，这话听起来确实很老套，可我不知道如何用其他的话来说，一直走到你的房门口为止，一切都是现实世界，一个琐碎而阴郁的世界，而从你的房门口起，儿童的梦幻世界，《一千零一夜》中的阿拉丁王国就此开始了；你想想看，我曾经千百次望眼欲穿地盯着你的房门口，如今却晕头晕脑地迈步走了进去，你可以猜想，你也只能猜想，你永远不会完完全全知道，我亲爱的，这转瞬即逝的一分钟从我的生活里带走了什么。

那天晚上，我在你身边待了整整一夜。你没有想到，在此之前，还从来没有一个男人触摸过我，还从来没有一个男人碰过或是看过我的身体。可是，亲爱的，你又怎会想到这一点呢？因为我实在没有对你做出任何反抗，我尽量不让你看出我因为羞怯而带来的任何迟疑不决，只是为了不让你猜出我爱你的秘密，一旦你猜出这个秘密，你一定会吓住的——因为你真正喜欢的仅仅是轻松自在、游戏人生、无牵无挂。你生怕干预到他人的命运。你愿意将感情滥用在所有人身上，滥用在整个世界身上，但你不愿意做出任何牺牲。我现在对你说，我委身于你时，还是个处女，我求你，千万别误解我！我并不是埋怨你，你并没有勾引我，欺骗我，或者诱惑我，是我自己主动投怀送抱，落入自己的命运之中。我永远不会埋怨你，不，我只会感谢你，因为对我来说那真是幸福、快乐到极点的一夜啊，幸福得飘飘欲仙！夜里我睁开眼睛，你躺在我身边，我感到奇怪的是，群星并不在我头顶上闪烁，为什么我感觉自己飞上了天？不，我从没有后悔过，我亲爱的，从没有因为那一刻发生的事而后悔过。我还记得，你睡着了，我听着你的呼吸声，摸着你的身体，感到自己和你紧挨着时，我在黑暗中幸福得哭了。

　　第二天一大早我就急着要走。我得到店里去上班，也想在你的仆人进屋之前离去，不希望他看见我。我穿好衣服站在你面前，你把我搂在怀里，端详了我许久。难道是某个模糊而遥远的回忆在你心头荡漾，或者你只是觉得我当时美丽动人、神采飞扬？然后你吻了一下我的唇。我轻轻地挣脱开，想要离开。这时你问道："你要不要带几朵花走？"我说好啊。于是你从书桌上那只蓝色水晶花瓶里取出四朵白玫瑰给我（哦，这只花瓶我认识，小时候我曾偷看过唯一的一次）。我后来还一连几天吻着这些花儿呢。

　　我们事先约好了在另一个晚上见面。我去了，又是一个心醉神迷的夜晚。你还赐给了我第三个夜晚。然后你说，你要出门旅行了——噢，我从童年起就讨厌你这种旅行！不过你答应我，一回来就给我回音。我给了你一个留局待取邮件的地址——我不想告诉你我的名字。我坚守住自己的秘密。你又送了我几朵玫瑰作为告别。

这两个月里我每天都去问……真的算了,向你描述这种期待和绝望交织的巨大痛苦又有何用呢?我不埋怨你,我爱你,爱你的感情炽烈、生性健忘、一往情深、三心二意。我就爱你这么一个人,以前是这么一个人,现在还是这么一个人。其实你早就回家了,我从你灯火明亮的窗口可以看出,但你没有写信给我。在我生命的最后时刻,我也没有收到过你的一行字,我把我的整个一生都献给了你,可我却没收到过你的一行字。我等着,像个绝望的女人一样等着。可你没有叫我,一行字也没有写给我……一行字也没有……

我的儿子昨天死了——他也是你的孩子啊。他也是你的孩子,亲爱的,这是我们共度三个良宵之后的爱情结晶,这一点我向你发誓,一个快要死的人是不会撒谎的。他是我们的孩子,我向你发誓,因为自从我献身于你的那一刻开始，直至孩子出生，没有任何一个男人碰过我的身体。被你接触之后，我觉得我的身体是神圣的，我既然把我的身体给了你，怎么可能再给别的男人呢？你是我的一切，而别的男人只不过是我生命中的匆匆过客而已。他是我们的孩子，亲爱的，是我那心甘情愿的爱情和你那漫不经心、任意挥霍、几近是本能的柔情蜜意凝成的结晶，他是我们的孩子，我们的儿子，我们唯一的孩子。可你现在要问了，也许你感到害怕，也许只不过感到惊讶，你现在要问了，我亲爱的，为什么那么多年来我始终没把孩子的事情告诉你，一直到今天才和你谈起他呢？此刻他在这里，在黑暗中躺着睡下了，永远地睡下了，就要离去，永远不再回来，永不回来！可是，你让我怎么能告诉你孩子的事呢？我和你素昧平生，心甘情愿地和你共度了三个销魂的夜晚，没有任何反抗，简直是渴求般地向你献出一切，你怎么可能相信这样一个陌生女人呢？你永远不会相信，这个无名女人，只是和你有过短暂的几面之交，却对你这个花心男人忠贞不渝，你也永远不会毫不怀疑地承认这孩子就是你的亲生骨肉!即使我的话让你觉得有几分真实,你也无法完全消除这种隐藏的怀疑:那是我企图把自己的另一段孽债强加到你这个有钱人身上。这样你就会对我猜疑,你我之间就会留下一片阴影,一片飘忽不定、战战兢兢的怀疑的阴影。我不希望这样。再说,我了解你,非常了解你,比你本人都更清楚地了解你,我知道你在恋爱时只喜欢无忧无虑、轻松自在、游戏人生,要是突然间成了父亲,突然间要对一个生命承担起责任,你一定会觉得很难堪。你是个唯有在自由自在的情况下才能呼吸的人,你一定觉得和我联系在了一起。你一定会因为这种联系而恨我——是的,我知道,你一定会恨我,这是违背你自己清醒的意愿的。也许只有几个小时,也许只有短短的几分钟,我成了你的累赘,你会讨厌我——可是,我希望保持我的自尊心,我要你一辈子想到我的时候,心里没有忧愁。我宁愿独自承担一切,也不愿成为你的累赘。我希望成为你所有的女人中那独一无二的一个,你会永远怀着爱恋和感激想起我。可是你从来没有想起过我,你已经把我彻彻底底地忘记了。

　　我并不是埋怨你，我亲爱的，不，我不埋怨你。请你原谅我，如果我的笔端偶尔流露出一丝痛苦，请你原谅我！我的孩子，我们的孩子死了，就躺在这摇曳不定的烛光下；我冲着老天握紧拳头，管它叫凶手，我神情忧郁，心烦意乱。请原谅我的埋怨，请原谅我！我也知道，你乐善好施，从内心深处喜欢助人为乐。你帮助每一个人，包括萍水相逢的人求你帮忙，你也会乐意伸出援手。可是你的乐善好施非常奇特，它对每个人敞开大门，他的双手能抓多少，就可以拿走多少，你的乐善好施非常博大，真的是博人无边，可是，请原谅我这么说，它是懒散的。你希望人家提醒，希望人家自己来拿。有人叫你，或者求你，你才帮助他们，你帮助人家是出于害羞，出于软弱，但不是出于你的快乐。让我坦诚地告诉你吧，你更喜欢幸福快乐中的兄弟，而不是困厄患难中的人们。而且，像你这种类型的人，哪怕是其中最乐善好施的人，求他帮助都很难。有一次，我那时还是个孩子，我从门上的窥视孔里看见有个乞丐按响了你家的门铃，你给了他一些钱。你还没等他开口求你，很快把钱给了他，甚至出手大方，可是你把钱递给他的时候，心里带着某种恐惧，是匆忙中给出的，你只是希望他赶紧离开，好像你害怕正眼看到他似的。你帮助别人的时候那种烦躁不安、羞羞答答、怕人感激的神色，我是永远不会忘记的。正因为如此，我才从来不找你。当然，我知道，即使当时你无法确信他是你的孩子，你也会帮助我，你也会安慰我，给我钱，给我一笔数目不菲的钱，可你肯定会带着那种暗暗的焦躁不安的情绪，想把这件麻烦事从你身上推得一干二净。是啊，我相信，你甚至会劝说我赶紧把孩子打掉。我最担心的就是这个，因为既然是你要求的事，我怎么会不去做呢！我怎么可能拒绝你的要求呢？可孩子是我的一切，他可是你的孩子啊，他就是你，但现在已经不再是那个我无法驾驭、幸福快乐、无忧无虑的你了，而是那个永远交给了我的、被禁锢在我身体里的、和我的生命相连在一起的你了。我现在终于把你抓住了，我可以在自己的血管里感觉到你在生长,感觉到你的生命在生长,只要我心里忍不住了,我就可以哺育你,喂养你,爱抚你,亲吻你。你瞧,亲爱的,因此,当我知道,我怀了你的孩子,我是多么幸福,因此,我才向你隐瞒了真情:因为只有这样,你才再也无法从我身边逃走。

当然,亲爱的,后面的几个月并不是我原先所想的那样,尽是些幸福快乐的日子,也有着充满恐怖和折磨的日子,充满了对卑鄙小人的憎恶。我的日子过得很不容易。临产前几个月,为了不让亲戚发现我的状况并向我家里人报告,我不能再到店里去上班了。我不愿问我母亲要钱,只好把身边的那点首饰变卖掉,才勉强维持了分娩前那段时间的生活。分娩前一星期,一个洗衣妇偷走了我柜子里仅剩的几块钱,我迫不得已去了一家产科医院生产。在那里,这孩子,你的孩子就在那里呱呱坠地。只有那些一文不名的女人,那些被人抛弃、被人遗忘的女人,在走投无路的情况下才会到那里去,才会置身于穷困潦倒的社会渣滓当中。那儿真是叫人活不下去:陌生,陌生,一切都很陌生,我们躺在那儿,彼此也很陌生,孤独寂寞,彼此仇视,大家都是被贫困、被同样的痛苦赶到这间阴森可怕的产房里的,那里充斥着氯仿味和血腥味,充斥着叫喊声和呻吟声。穷人不得不忍受着欺凌,蒙受着精神上和肉体上的羞辱,这些我全都在那里领教过了:我得忍受和那些娼妓、那些病人聚集在一起,她们卑鄙下流地欺侮和自己同病相怜的人;我得忍受那些玩世不恭的小医生,他们脸上挂着嘲讽的微笑,掀开毫无抵抗能力的女人身上的被单,打着科学的幌子在她们身上摸来摸去;我还得忍受护士们的贪得无厌——啊,在那里,一个人的羞耻心被人们的目光处以死刑,任凭恶言恶语的鞭笞。只有写着病人名字的那块牌子还算是你自己,因为床上躺着的只不过是一块不停抽搐的肉,任凭好奇的人东捏西摸,只是人们观赏和研究的一个对象而已——哦,那些有温柔的丈夫在旁边等着,在自己家里生产的妇女,她们不会知道,在类似实验用的桌子上把孩子生下来,那是怎样一种孤独无助、无力自卫。要是我今天还能在哪本书里看到"地狱"这个词,我依然会不由自主地想到那间我曾受尽痛苦折磨的产房，想到那座连羞耻都不再有的屠宰场，那里人挤着人，发出难闻的气味，充满了呻吟声、狂笑声和惨叫声。

请你原谅我，原谅我说了这件事。但我只会说这么一次，以后永远不会，永远不会再说了。这事我沉默了整整十一年，马上我就会闭口不言，直至永远。总得有这么一次，让我嚷一嚷，我付出了多么昂贵的代价，才得到这个孩子，他是我全部的幸福，此刻却躺在那里，已经停止了呼吸。我在孩子的微笑里，在孩子的声音里，在幸福的陶醉下，早已把那些受苦受难的时刻忘了个精光。可是现在，他死了，这种痛苦重新沽生生地浮现在眼前，就这一次，就这一次，我得把它从我的心里叫喊出来。可是我并不埋怨你，我只埋怨老天，是老天让我的这种痛苦变得如此毫无理由。我不埋怨你，我向你发誓，我从来没有对你发过火。即便我肚子疼得蜷缩成一团的时候，即便在那些大学生肆无忌惮的目光中，我的身体羞愧得无地自容的时候，即便在痛苦撕裂我的灵魂的一刹那，我也没有对老天埋怨过你。我从来没有后悔和你度过的那几个夜晚，从来没有责骂自己对你的爱，我一如既往地爱你，一直为我们相逢的那个时刻祝福。假如我因为有过幸福快乐的时刻，必须再去一次这样的地狱，并且事先知道自己将遭受怎样的痛苦，我也愿意再去一次，我亲爱的，愿意再去一次，愿意再去千百次！

我的孩子昨天死了——你从没有见过他。就连你们偶尔匆匆相遇，这个充满朝气的小东西，你的骨肉从你身边擦肩而过，你也从来没有瞥过他一眼。我有了孩子之后，就把自己隐藏了起来，不和你见面。我对你的相思也不那么痛苦了，我真的觉得，自从你将这个孩子赐给我之后，我对你的爱不再那么死去活来了，至少我不再为情所困了。我不想把自己分开，分给你和他两个人，所以我不再把感情倾注在你这个幸福快乐的人身上，而是完完全全放在了孩子身上，因为你仅仅是我生命中的匆匆过客而已，可孩子需要我，我得抚育他，我可以吻他,可以搂着他。我似乎摆脱了对你朝思暮想的烦躁不安,摆脱了我的厄运,我似乎是因为另外一个你而得救的,而这个你才真正属于我,因此只有在极少的情况下,我心里才会产生低声下气到你房前去的念头。我只做一件事:每次在你生日来临的时候,给你送去一束白玫瑰,那花和当年我们恩爱的第一夜之后你送给我的一模一样。在这十年、十一年里,你是否问过自己,那花是谁送来的呢?你是否也回想起,曾经你将同样的玫瑰花送给过一个女人呢?我不知道,我也不想知道你的回答。我只是偷偷把花递到你的手上,一年一次,勾起你对那一时刻的回忆。对我来说,这已足够。

你从来没有见过我们可怜的孩子。今天我责怪自己,孩子的事不该一直瞒着你,因为你肯定会喜欢上他的。你从来没有见过这个可怜的男孩,每当他轻轻抬起眼睑,然后用他那聪明的黑眼睛——你的眼睛!——向我、向全世界投来一道明亮而欢快的光芒,他就会微笑起来,可是你从来没有见过他的微笑。哦,他是多么快活，多么可爱啊！他身上天真地再现了你那完全无忧无虑的天性，以及你那天马行空的想象力；他可以接连几小时地沉浸在他的游戏之中，就像你游戏人生一样，然后重新变得一本正经，竖起眉毛，坐在那里看自己的书。他越来越像你了，你身上那种独特的亦庄亦谐的双重性格，也已经开始在他身上日益凸现。他越是像你，我越是爱他。他学习成绩优秀，可以用法语和人滔滔不绝地谈话，他的作业本是班里最干净的，他的模样是多么英俊啊，穿黑丝绒衣服或者白色水兵服又显得尤为高雅。不管到哪儿，他都是最为风度翩翩的那一个：在意大利格拉多的海边，我和他一起溜达，这时女人们就会停下脚步，抚摸他的金色长发；在色默林的时候，他滑雪橇，人们都会赞赏地回头注视他。去年，他进了那所闻名遐迩的特蕾西亚寄宿中学，穿着制服，身佩短剑，活脱脱一个18世纪宫廷侍童，那个模样真是温柔可爱、英俊潇洒啊！可现在，这个可怜的孩子，身上除了一件小衬衫之外一无所有，他躺在那儿，嘴唇苍白，双手合拢着。

可是，或许你要问我，我凭借什么可以让孩子生活在富裕的环境里，接受如此高端的教育？何以让他享受上流社会那种快乐时尚的生活呢？我最亲爱的，我悄悄告诉你，我真不要脸，我要把这件事告诉你，可是你别害怕，亲爱的——我卖身了。我倒不是人们称呼的那种街头野鸡，不是妓女，可我卖身了。我有一些有钱的男朋友、阔气的情人。先是我去找他们，后来是他们来找我，因为我长得非常美，这一点你可曾注意到？我委身相许的每一个男人，他们都喜欢我，他们都感谢我，都依恋我，都爱我，可只有你不是，只有你不是，我亲爱的！

我告诉你，我卖身了，你会因此而瞧不起我吗？不会的，我知道，你不会瞧不起我。我知道，你什么都明白，你也会明白，我这样做只是为了你，为了另一个你，为了你的孩子。在产科医院的那间病房里，我对可怕的贫穷有过切肤之痛，我知道，在这个世界上，穷人总是被践踏、被凌辱，总是牺牲品，而我不希望，绝不希望你的孩子，你那聪明可爱的孩子在社会最底层，在窄巷的垃圾堆中，在霉气熏天、卑鄙龌龊的环境中，在陋室的浑浊空气中长大成人。我不能让他娇嫩的嘴唇去说那些粗俗的语言，不能让他白嫩的肌肤去穿穷人家发霉的皱巴巴的破旧衣裳——你的孩子应该拥有一切：世上的万贯家产，人间无忧无虑的生活。他应该进入你的阶层，进入你的生活圈子。

因为这个原因，只是因为这个原因，我亲爱的，我卖身了。对我来说，这也算不得什么牺牲，因为人们通常所说的名誉、耻辱，对我来说全是空洞无物的东西：我的身体属于你一个人，既然你并不爱我，那么不管我的身体做出什么事来，我也觉得无所谓。我对男人的爱抚，甚至于他们内心深处最深沉的激情，全都无动于衷。尽管有时我会对他们中的有些人心生敬意，他们的爱情得不到回报，我对他们深表同情，想起我自己的命运，他们的遭遇经常使我深受震动。我认识的那些男人，他们都对我很好，都很宠爱我，尊重我。尤其是那位帝国伯爵，一个年岁较大的鳏夫，他为了让这个没有父亲的孩子、你的儿子能上特蕾西亚寄宿中学，到处奔走，托人说情。他像爱女儿那样爱我，向我求了三四次婚。如果答应了他的求婚，我今天可能已经是伯爵夫人，是蒂罗尔一座迷人的宫殿里的女主人，可以无忧无虑地生活，孩子将会有一个慈爱的父亲，被他视为宝贝，而我的身边将会有一个文静沉稳、出身高贵、心地善良的丈夫。可是，我始终都没有答应他，不管他多少次地催逼我，不管我的拒绝多么伤他的心。或许我真的做了一件蠢事，因为要不然我现在就可以在某个地方过着悠然自得的生活，而这个孩子，这个讨人喜欢的孩子就可以和我在一起，可是——我干吗不向你承认这一点呢——因为我不愿意自己被束缚住，我要时刻为你准备着。在我的内心深处，在我的天性的下意识里，我一直还做着一个孩子的往日旧梦：说不定你还会再次把我召唤到你的身边，哪怕只是叫去一个小时也好啊。而仅仅为了这可能的一个小时，我把所有的一切都抛开了，只是为你时刻准备着，好让我召之即去。自从我情窦初开以来，我这整个一生无非就是等待，等待着你的决定！

这个时刻真的来临了。可是你并不知道,你并没有觉察到,我亲爱的!就是在这个时刻你也没有认出我来,永远,永远,永远没有认出我来!我在之前已经遇见过你好多次,在剧院里,在音乐会上,在普拉特公园里,在大街上。每一次遇见你,我的心都会急促地跳动,可是你的目光从我身上一晃而过:不错,我的模样已经变成了另外一个人,我从一个腼腆的小姑娘变成了一个女人,就像他们说的那样,姿色动人,衣着华丽,身边被一群仰慕者簇拥着,你怎么可能猜出我就是你卧室里昏暗灯光下那个羞答答的姑娘呢?有时,我和男人走在路上,他们中有人向你打招呼。你向他致谢,然后抬头看我一眼,可你的目光是客气而陌生的,是一种赞赏的目光,你从未认出我来。陌生,可怕的陌生!你始终没认出我来,对此我几乎已经习以为常,但我依然记得,有一次你简直叫我痛苦不堪。那次,我和男友一起坐在歌剧院的一个包厢里,你坐在隔壁的一个包厢里。序曲开始的时候,灯光熄灭了,我看不见你的脸,只感到你的呼吸挨我如此之近,就跟当年那个夜晚我们挨得如此之近一样,你的手,你那纤细而娇嫩的手,支撑在我们两个包厢那铺着天鹅绒的栏杆上。我想俯下身去,谦卑地亲吻一下这只陌生却又如此叫我喜欢的手,这种强烈的欲望不断向我袭来,我曾经被这只手温柔地拥抱过啊。音乐在我周围波涛汹涌般不断起伏,我的欲望也随之变得越来越强烈,我不得不攥紧拳头,竭力控制住自己,不让自己失态,因为一股巨大的力量要把我的嘴唇吸到你那只亲爱的手上去。第一幕演完,我就求男友和我一起离开剧院。黑暗里你挨我如此近,却又如此陌生,我再也忍受不了了。

可是这个时刻来临了,又一次来临了,在我无声无息的生活中这是最后一次。这事差不多正好发生在一年前,你生日的第二天。真奇怪,我每时每刻都在想着你,把你的生日当节日一样地庆祝。你生日那天,我大清早就出门了,买了一些白玫瑰花,和往年一样,派人给你送去,以纪念那个你已经忘却了的时刻。下午我带着孩子一起出去玩,我们去了戴梅尔宫廷甜品店,晚上又去了剧院。我希望，尽管他不知道这一天的含义，他也能够从少年时代起，就将这一天视为一个神秘的节日。第二天，我和我当时的男友待在一起。他是布尔诺的一个年轻富有的工厂主，我和他已经同居两年，他娇我宠我，和别人一样，也想和我结婚，可我也像对别人一样，同样似乎毫无缘由地拒绝了他的求婚，尽管他给我和孩子送了大量礼物，人也讨人喜爱，心肠也好，就是稍稍有点迟钝，有点儿奴才相。我们一起去听音乐会，在那里碰到一些兴高采烈的朋友，然后在环形大道的一家饭店里共进晚餐。在众人的欢声笑语中，我建议再到塔伯伦舞厅去玩。我一向对这种灯红酒绿、醉生梦死的舞厅很反感，要是平时有人提出这种"通宵达旦地痛饮狂欢"的建议，我肯定会坚决反对，可这一次——我的心里像是有一种莫名的魔力，促使我莫名其妙地提出这个建议。这个提议在众人之间引起一阵激动，大家兴高采烈地表示拥护——我却突然有了一种说不清道不明的强烈欲望，仿佛那里有什么特别的东西在等着我似的。大家都习惯了取悦我，便立马站起身来。我们到了舞厅,喝着香槟酒,我心里突然涌起一种从未有过的疯狂的、近乎痛苦般的欢乐。我不停地喝酒,跟他们一起唱些低俗的歌曲,并且难以摆脱想要跳舞或者欢呼的渴望。可是突然,我觉得仿佛有种冰凉的或者灼热的东西落到我的心上,于是竭力控制住自己,不让自己失态:你和几个朋友坐在邻桌,你用赞赏而又好色的目光看着我,用那每每把我撩拨得身心荡漾的目光看着我。十年来第一次,你又以天性中的本能和满腔的激情注视我。我不由得颤抖起来,举起的酒杯差点儿从我手中跌落。还算幸运,同桌的人并没有注意到我心乱如麻的神态:它消失在震耳欲聋的哄笑和乐声中。

你的目光变得越来越灼人,使我浑身火烧火燎的。我不知道,你是终于、终于认出我来了,还是把我当成了另外一个陌生女人对我产生了渴望。热血一下涌上我的脸颊,我心不在焉地和同桌的人答着话。你一定注意到,我被你的目光搅得多么心神不安。你趁其他人没注意,转动了一下脑袋,示意我到前厅等一会儿。接着你很张扬地买单,和你的朋友告别,走了出去,临走前又一次向我暗示:你在外面等着我。我浑身直打哆嗦,又像是发冷,又像是发烧,答不上别人的问话,也难以控制我周身奔腾的热血。恰好就在这时候,有一对黑人跳起了一种稀奇古怪的新式舞蹈,脚后跟踩出噼里啪啦的响声,嘴里发出怪异的尖叫:大家全都目不转睛地盯着他们看,我正好利用了这一瞬间。我站起身来,对男友说,我出去一下,马上回来,于是跟着你走了出去。

你站在外面衣帽间前的前厅那里等我。我一出来,你的眼睛就发亮了。你微笑着疾步迎上前来。我马上看出,你没有认出我,没有认出从前的那个小女孩,也没有认出后来的那个姑娘,你又一次想把我当作一个新欢,当作一个素不相识的女人弄到手。"您是否也可以给我一个小时时间呢?"你亲切地问我。从你信心十足的口气看,我感觉你分明把我当作夜里拉客做生意的那种女人了。"好呀。"我说道。十多年前,在灯光幽暗的马路上,那个姑娘曾经就用这句"好呀"回答过你,尽管她的回答同样带着颤抖,但她的同意是不言而喻的。"那我们什么时候可以见面呢?"你问道。"我随您,什么时候都可以。"我回答。在你面前我不感到羞耻。你稍稍惊讶地望着我,你的惊讶之中带着和当年一样的狐疑和好奇,那时我马上答应了你的请求,你同样感到惊讶不已。"您现在可以吗?"你略微有些犹豫不决地问道。"好呀,"我说道,"我们走吧。"

我本想先到衣帽间取回我的大衣。我这才想起,存放衣服的牌子在男友手里,因为我们的大衣是存放在一起的。回去问他要,想必要说出一大堆理由才行,可另一方面,要我放弃和你在一起的一个小时,我渴望多年的那一个小时,我又不愿意。所以,我连一秒钟也没犹豫,只拿了一条围巾披在晚礼服上,就走到外面雾气弥漫的夜色中去了,根本不去管我那件大衣,根本不去理会那个温柔善良的人。这么多年来,我就是靠着他生活,而我却在他的朋友面前出尽他的洋相,使他成了一个最为可笑的傻瓜:和他同居多年的情人,只要一个陌生男子吆喝一声,就可以连个招呼都不打跟着人家跑了。哦,我从内心深处意识到,我对一个忠诚老实的男友犯下的勾当是多么卑鄙无耻、忘恩负义和下流至极啊。我感到,我的行为很可笑,由于我的疯狂,一个善良的人蒙受了永远的致命的精神伤害,我感到,我已把我的生活恰好撕成了两半——可是,同我迫不及待地想再一次亲吻你的嘴唇,想再一次听你温柔地和我说话相比,友谊对我来说算得了什么,我的存在又算得了什么呢?我就是如此地爱过你,我现在可以告诉你这句话了,因为一切都已一去不复返,都已烟消云散。而我相信,就算我已经死在了床上,只要你呼唤我,我也会突然有了生命,可以立即站起身来,跟着你走。

门口停着一辆车,我们乘车来到你的寓所。重新听见你的声音,重新感到你含情脉脉地和我在一起,我和从前一样如痴如醉,像孩子一样幸福,可又感到一筹莫展。在十多年之后,我第一次重又登上了这道楼梯,不,不,我无法向你描述,在那些瞬间里,我对一切总是有着两种感觉,既感觉到逝去的岁月,又感觉到现在的光阴,而在一切之中,我只感觉到你。你的房间变化不大,多了几张照片，多了几本书籍，有些地方添置了几件以前没有见过的家具，不过这所有的一切都在亲切地向我问候致意。书桌上放着花瓶，里面插着玫瑰，那是我的玫瑰，是前一天你生日的时候我叫人送给你的，以此纪念一个女人。你已经不记得她，也认不出她了，即便此刻，她就在你的身边，和你手拉着手，嘴唇贴着嘴唇。可是，不管怎样，你供养着这些鲜花，我还是很高兴：这样毕竟还有我这个人的一点气息在，还有我那一缕爱的呼吸萦绕在你的周围。

你把我拥入怀里。我又在你家里度过了一个销魂蚀骨的夜晚。可是，即使我裸露着身体的时候，你依然没有认出我来。我幸福地接纳你那轻车熟路的柔情蜜意，并且发现，你的激情对一个情人和一个妓女是没有区别的，你纵情声色，挥霍无度。你对我这个从舞厅里叫来的女人，竟然如此柔情似水，如此富有教养，如此真诚而充满敬意，同时在享受女人的时候又是如此激情澎湃；我陶醉于往日的幸福之中，又感觉到你天性中的这种独一无二的双重性格，在肉欲的激情之中包含着知性的精神上的激情，当年正是你的这种激情,使我这个小姑娘对你难舍难分。我从来没有见过一个男人在柔情似水之中,如此全神贯注于瞬间的贪欢,将内心最本质的东西展示和暴露得一览无余——当然,事过境迁之后,一切归于遗忘,无声无息,几近不近人情。可是,我自己也忘记自己了:此时此刻,在黑暗中躺在你身边的我究竟是谁?我就是从前那个火烧火燎的孩子吗?我是你那孩子的母亲吗?抑或我只是一个陌生女人呢?哦,在这欲望之夜,一切是如此亲切,如此历历在目,一切又是如此欢欣鼓舞,如此新奇。我祈祷,但愿这一夜成为永恒。

可是第二天早晨来临了,我们很晚才起床,你邀请我和你共进早餐。仆人虽然没有露面,但早已悄悄地在餐厅里做好了准备,我们一起喝茶、聊天。你依然用那种天生的以诚相待和亲密无间的态度和我说话,绝口不提任何冒冒失失的问题,也绝对不对我这个人表示出任何好奇心。你没有打听我的名字,也不问我住在哪里:对你来说,我只不过是你的又一次艳遇,是你的一个无名女人,是你的一段欲火燃烧的时光,然后在遗忘的烟雾中消散得无影无踪。你告诉我,你现在又要去远行了,这次是到北非去,要去两三个月。我在幸福之中颤抖起来,因为这时候我的耳边响起了一个声音:结束了,结束了,忘记了!我真想跪在你的脚下,大声说:"带我走吧,你终究会认出我来,在那么多年之后,你终究会认出我来!"可是在你的面前,我是如此羞于启齿,如此胆小如鼠,如此奴颜婢膝,如此软弱无力。我仅仅说了这么一句:"太遗憾了!"你微笑着望了我一眼:"你真的觉得遗憾吗?"这时候,我的野心突发。我站起来,注视着你,目光坚定而漫长。然后我说道:"我爱过的那个人,他也老是出门旅行。"我看着你,盯着你眼睛里的瞳仁看。"现在,现在他要认出我来了!"我浑身战栗,心都要跳出来了。可是你对我微微一笑,安慰道:"会回来的。""是啊,"我回答说,"会回来的,可是一回来,又什么都会忘了。"

我和你说话的样子,一定很特别,也很有激情。因为这时候,你也站了起来,凝视着我,不胜惊讶,也很体贴入微。你抓住我的肩膀,"美好的东西是不会忘记的,我是不会忘记你的。"你一边说,一边低下头来,你的目光射进我的内心深处,仿佛要把我的形象烙在你的脑海里似的。我感觉到你的目光已经闯入我的身体,它在里面探寻、感知,在吮吸着我的整个生命,所以那时我相信,盲人终于、终于要重见光明了。他要认出我来了,他要认出我来了!想到这一点,我的整个灵魂都颤抖起来了。

可你没有认出我来。没有,你没有认出我来,对你来说,我在任何时候都从来没有比这一瞬间更为陌生的了,否则你就绝不会干出几分钟之后干的好事来。你吻我,再一次狂吻我。我的头发被你弄乱了,我只好再次梳理整齐。我站在镜子面前,这时我从镜子里看到——我又害臊又吃惊,差点儿跌倒在地——我看到你悄无声息地将几张大面额钞票塞进我的暖手袋里。在这一刹那,我干吗不叫出声来,给你一记耳光呢?我,从小就爱你,是你孩子的母亲,可你却为这一夜付给我钱!在你眼里,我不是别的什么人,只不过是舞厅里的一个妓女而已。你竟然付给我钱，付给我钱！被你忘记还不够，我还得忍受你的凌辱！

我赶紧收拾我的东西。我想离开，马上离开。我的心都快要碎了。我抓起我的帽子，它就搁在书桌上那只花瓶旁边，花瓶里插着白玫瑰，我的玫瑰。这时候，我的心里突然产生了一个强烈的不可遏制的愿望，我想再一次努力提醒你："你是否愿意送我一枝你的白玫瑰呢？""当然啦。"说完，你立马拿起一枝玫瑰。"可是，说不定这些花是一个女人，一个爱你的女人送给你的吧？"我问道。"或许是吧，"你回答，"我不知道，花是人家送给我的，但我不知道是谁送的，所以我才这么喜欢那些花。"我注视着你，说道."说不定也是一个被你忘记的女人送的呢！"

你露出一副讶异的神色。我目不转睛地盯着你看："快认出我来，最后认出我来吧！"我的目光在吼叫。可你的眼睛亲切而无知地微笑着。你又一次亲吻我。可你还是没有认出我来。

我疾步走到门口，因为我感觉到，泪水一下子涌上我的眼眶，我不希望让你看见。我奔出去的时候步子太急，在前厅差点儿和你的仆人约翰撞了个满怀。他赶紧羞怯地闪到一边,打开大楼门让我出去,可就在这一刹那,你听见了吗?就在我看着他,满含泪水看着这个形容枯槁的老人的一刹那,他的眼里突然一亮。就在这一刹那,你听见了吗?就在这一刹那,老人认出我来了,从我童年时代起,他一直没有见过我。就为了他认出我,我真想跪在他面前,亲吻他的双手。于是,我从暖手袋里迅速掏出你用来鞭笞我的钞票,塞到他的手里。他哆嗦着,惶恐不安地抬头看我。在这一刹那他对我的了解,恐怕要比你一生对我的了解还多。所有的人,所有的人都宠爱我,大家都对我很好——唯有你,唯有你把我忘得一干二净,只有你,只有你从来没有认出我!

我的孩子,我们的孩子昨天死了——现在这个世界上,除了你,我再也没有可以爱的人了。可对我而言,你是谁?你从来没有认出我来,从来没有,你从我身边走过,好似从一条河边走过,你踩在我身上就像踩在一块石头上，你总是马不停蹄地走啊走，却让我永远地翘首等待。我曾经以为在孩子身上抓住你了，抓住你这个逃亡者了。可就是你的孩子，一夜之间他就残忍地离开我独自去旅行了，他把我忘记了，永远不回来了。我又是孤单单一个人了，比以往任何时候都要孤单，我什么都没有，没有你的任何东西——再也没有孩子，没有一句话，没有一行字，没有一点回忆。若是有人在你面前提起我的名字，这个陌生名字就会从你耳边一晃而过。既然在你眼里我已经死了，我为什么不高高兴兴死去呢？既然你已离我远去，我为什么不远走高飞呢？不，亲爱的，我不责怪你，我不愿意你快乐的生活被我的悲伤淹没。请别担心我会继续折磨你——请原谅我，孩子已经死了，孤零零地躺在那里，在这一刻我必须让我的灵魂呼喊一次，就这一次，然后我将默不作声地回到我的黑暗中，正如我一直默不作声地在你身边一样。可是只要我还活着，你就不会听到我这声呼喊。只有我死了，你才会收到我的这份遗嘱，这个女人她爱你胜过所有的人，而你从来没有认出她来，她始终在等着你,而你从来没有呼唤过她。也许,也许你以后会呼唤我,而我将第一次没有为你尽忠,因为我死了,再也听不到你的呼唤了。我没有为你留下一张照片,留下一件信物,就像你什么也没有为我留下一样。你将永远不会认出我来了,永远不会。我活着时命运是这样,死后命运还是这样。在我生命的最后一刻,我不想把你叫来,我走了,你连我的姓名和我的容貌都不知道。我死得很轻松,因为你在远处是感觉不到的。假若我的死会让你伤心,那我就不会死了。

我写不下去了……我感到头晕眼花……四肢酸痛,我在发烧……我想我得马上躺下来。或许马上就会过去了,或许命运终于会对我发一次慈悲,让我不用看着他们把孩子抬走……我写不下去了。再会了,亲爱的,再会了,我要谢谢你……即便是这样,这也挺好的……我要谢谢你,直到最后一息。我感觉挺好的:凡是想说的,我都说了,现在你知道了,不,你只是感觉到,我有多爱你,可我的这种爱不会给你带来任何牵绊。你不会想我的——这让我感到安慰。你幸福快乐的生活不会有任何改变……我的死不会给你造成任何麻烦……这让我感到安慰,你,我亲爱的。

可是有谁……现在有谁在你每次生日的时候送你白玫瑰呢?哦,花瓶里将会空空的,来自我生命的一点呼吸、一点气息,曾经每年都会在你四周飘溢,从此也将烟消云散了!亲爱的,你听着,我求你一件事……这是我对你的第一个,也是最后一个请求……你就做一件让我高兴的事吧,在你每年过生日的时候——生日确实是一个可以让人想到自己的日子——去买些玫瑰花,插在花瓶里。你就这么做,亲爱的,就这么做吧,就像别人每年为死去的爱人做一次弥撒一样。可我已经不再相信上帝了,不用人给我做弥撒,我只相信你,我只爱你,只是希望自己能继续活在你的心中……哦,一年只要一天,悄悄地,只是完全悄无声息地继续活在你的心中,就像我曾经在你身边活过一样……我求你这么去做,亲爱的……这是我对你的第一个,也是最后一个请求……我要谢谢你……我爱你,我爱你……再会了……

他双手颤抖着把信放下,然后在那里沉思良久。一点点淡淡的回忆依稀浮现在他的心头,那是一个邻家孩子,一个邻家姑娘,一个舞厅的女人,可回忆朦朦胧胧,凌乱不堪,仿佛一块石子,在流淌的河水底下闪闪发光,却又飘忽不定。那些幻影飘然而来,倏忽而去,终究构不成一幅完整的画面。它勾起他一些感情上的回忆,可怎么也想不真切了。他觉得所有这些形象似乎都梦见过,常常在深沉的梦里见过,可也只是梦里见过而已。

他的目光恰好落在他面前书桌上的那只蓝色花瓶上。瓶子是空的,那么多年来,在他生日这一天花瓶里没有鲜花,这还是第一次。他感到悚然一惊,仿佛突然有一道门悄无声息地被打开了,冷飕飕的穿堂风从另一个世界吹进了宁静的房间里。他感觉到死亡的气息,感觉到不朽的爱情。像是打翻了五味瓶似的,万千思绪一齐涌上他心头,犹如远方传来的乐声,他隐约想起了那个看不见的女人,那个无影无踪的女人。

爱情短经典：一个陌生女人的来信

唯有深情不惧时光，让爱情经典随手可读

图书在版编目（CIP）数据

一个陌生女人的来信／（奥）斯蒂芬·茨威格著；沈锡良译. -- 昆明：云南美术出版社，2020.9
（爱情短经典；5）
ISBN 978-7-5489-3747-0

Ⅰ.①一… Ⅱ.①斯…②沈… Ⅲ.①中篇小说－奥地利－现代 Ⅳ.①I521.45

中国版本图书馆CIP数据核字(2020)第143112号

责任编辑：梁 媛 刘铁波
责任校对：赵 婧 温德辉 邓 超
产品经理：曹俊然 冯 晨

爱情短经典
一个陌生女人的来信
（奥）斯蒂芬·茨威格 著 沈锡良 译

出版发行：云南出版集团
　　　　　云南美术出版社（昆明市环城西路609号）
制版印刷：北京盛通印刷股份有限公司
开　　本：787mm×1092mm　1/32
字　　数：110千字
印　　张：2.5
印　　数：1-6,000
版　　次：2020年9月第1版
印　　次：2020年9月第1次印刷
书　　号：ISBN 978-7-5489-3747-0
定　　价：138.00元（全7册）

如发现印装质量问题，影响阅读，请联系 021-64386496 调换